塙 誠一郎句集

*KAKEIZU*
*Hanawa Seiichiro*

# 家系図

ふらんす堂

# 序

塙誠一郎さんは、私と同じ町に住みほぼ日常の生活圏も共にしている方である。私が通った幼稚園の真ん前が塙さんのお住まいで、私の産土神である葛飾八幡宮にも隣接していて、八幡小学校では私が後輩になる。

塙さんは先師能村登四郎が亡くなった平成十三年に「沖」に入会され投句を始められた。最初は投句をするだけで、句会に参加されてはいなかったそうだ。その後中国赴任などで俳句を四年間完全に中断せざるを得なくなったが、平成十七年に再入会され、北川英子、遠藤真砂明両氏が指導する「沖」の初学句会に参加されるようになって、本格的に「沖」への投句をするようになられた。

## 家系図のはじめは分家蝌蚪の紐

塙さんからの依頼に応じ今回上梓される句集に「家系図」という名をつけさせていただいた。由緒ある家柄には家系図なるものがある。代々その家がどういう風に引き継がれてきたかを示すもので、作者が初めてそれを目にした時、ご自分の家のルーツは分家から始まったことを知った。現代になってからは、本家、分家という家の格を云々いう意識は薄れてしまったが、昔は、本家は格式の高さを誇り、分家は本家を立てて従属するということがあったかも知れない。ただ分家には家柄の重圧から解き放されて気軽さ自由があったことだろう。家系図はまるで蝌蚪の紐のようにずるずると辿っていくもので、そのはじめは、分家だったというのが面白い。

その塙家の家系図を辿っていくと、塙さんの祖父、父共に銀行員だったそうで、共に俳句を作られる方であったそうだ。祖父は子規派の『春夏秋冬』に句が掲載されたり、また高浜虚子の『俳句はかく解しかく味ふ』に一句引用されている。父は銀行勤務の傍ら俳誌「黎明」（加藤紫舟主宰、のち子息の郁乎が継ぐ）編集同人までされた方で、若くして亡くなられたが、還暦まで全く俳句に触れたことはなかった塙さんが、俳句を始めたのは、この家系図の血を引くことで影響があったのだろう。

その塙さんが、「沖」に入会されたのは、知人から『沖歳時記』（平成十二年度版）を貰ったことが、きっかけだそうで、ご自身の強い意志が感じられる。

他所事のやうな還暦冬銀河
性格は少年のまま木の実独楽
菜の花やレール曲がりて海に落つ

大学卒業後、大手損保会社に勤められ、海外勤務を除いてすべて本社勤務を勤勉に務めあげて還暦を迎えられた。これまでの仕事人間としてのサイクルは会社を退職することになっても、中々変えられるものでなく、しばらくは還暦を自分のことと思えなかったのだろう。他所事のように思っていた「還暦」という言葉が次第に現実味を帯びてくるに従って、人生のリスタートと捉えて原点に戻り前向きに頑張っていこうと心に決めた。

三句目の「菜の花」の句、「沖」の中央例会に参加するようになって二回目の時で、私の準特選を取った句。房総半島をぐるりと回る外房線と内房線は海岸線に沿って列車が走る。線路際に咲く菜の花を目にしながらオーシャンビューの車窓が楽しめるが、その景を大胆に描いた句である。

塙さんの作品には家族や家庭を詠んだ句がいくつかある。

冬あたたか男子厨に入りにけり

梅雨晴や身を逆しまに風呂洗ふ

大会社のエリート社員と思いきや、ご家庭では、一人厨房に入って料理をすることもあれば、逆しまになって風呂を洗われることがある、気さくな方であることがうかがえる。

つれあひとO型同士着ぶくれて

写したる妻とはぐれし大花野

妻の名と同じ名の嫁冬すみれ

奥様を詠んだ句である。お近くなので、お宅に伺うといつも優しくお声をかけていただく奥様で、塙さんを温かく支えてこられた方で、これらの句からもおしどり夫婦の様子がうかがえる。

父譲りの短気の質や鷹の爪
ひぐらしや墓仕舞する父祖の里
読初めや扉に父の蔵書印

お父様は塙さんが小学校の時に若くして亡くなられたので、市川を離れお母様に長く育てられたようだ。お父様も掲出の句を見ると、昔風の厳格な方であったようだ。

少し生き過ぎしとふ母石蕗の花
しなやかに己貫く生身魂
ゆるゆると白寿の母の書く賀状

母百歳

菊日和紀寿と記せし祝ひ状

母　由喜子死去一〇三歳　二句

菜の花の明るき朝や母覚めず

百歳の遺影祀りて鶴引く日

お母様を詠んだ句である。二句目の句。お母様は百歳を超えられても矍鑠と己を貫く方で理想的な生き方をされた方である。「しなやか」という措辞からも、お母様の長寿への讃嘆と敬意の念が述べられていることが分かる。

亡命の文人ありき笹子鳴く
燕来る新市庁舎の設計図
野にあれば民子の花となりし菊

塙さんと私は同じ町に住みほぼ日常の生活圏も共にしているので、塙さんの俳句を読むと近隣の共通の視点としての親しむ句がいくつもある。一句目の「亡命」の句は、市川市真間にある「郭沫若記念館」を詠んだものである。郭沫若は中国楽山出身の文学者・歴史学者・政治家として日本と中国の架け橋となる活躍をした人。二句目の「燕来る」の句は、私が長年勤めた市役所も老朽化したため新市庁舎を建設することになった。五十年ぶりのことで、その概要と設計図が広報に掲載された。塙さんは市役所にほど近い所にお住まいなので、この建設には特に関心をはらわれたのであろう。「燕来る」という季語からも、新しい時代の市役所に期待しつつ、新市庁舎の落成を心待ちにしておられたことが分かる。三句目の「野にあれば」の句、市川の隣の松戸市矢切が舞台となった伊藤左千夫の小説「野菊の墓」を詠んだものである。

余生でも晩年でもなし去年今年
晩成と言はれて成らずちやんちやんこ
いつよりと言へぬ晩年さるすべり
水戸つぽ気質ときに現れ青あらし
曝す書に朱線・疑問符・感嘆符

ここに掲げた句は、いずれも塙さんの人生の生き方の在り様を述べた句であるが、その時々の瞬間を大切にしながらも何事にも真摯に取り組んでいこうとする姿勢がうかがえる。会社の仕事を終えた後もそれを余生として捉えるのではなく前向きに全力を尽くされている生き方はすばらしい。「水戸つぽ」の思い込んだらそれをとことん貫き通す一本気な性格なのである。

父の日や正座で聴きし蓄音機
春夕べ歯科に流るるモーツァルト
待春やたぶん最後のカメラ買ふ
小三治のまくら身に入む夕べかな

俳句以外の趣味もゴルフ、テニス、写真、クラシック音楽、詩吟、古典落語と多彩で、いずれも趣味の領域でとどまってはおられないようだ。三句目に「カメラ買ふ」という句があるが、『沖俳句選集』（令和二年版）の小文では、「写真と俳句の共通点は「切り取る」「引算」であることである。句にしたい情景が眼前にあるとき、一か所を焦点化して他を省略するのは本当に難しい。」と述べている。

## 青ぶだう旧約聖書のインディア紙

平成二十六年の十月号で「沖作品」の巻頭を取った句。「青ぶだう」「旧約聖書」「インディア紙」という三つの素材を旨く響き合わせている。旧約聖書の「創世記」に記されている禁断の木の実とは、神から食べることを禁じられた知恵の木の実のことで、西欧ではこの木の実は林檎であるとされるが、イチジクであるとする意見もある。東欧のスラブ圏では木の実は葡萄であるという説もある。聖書は最初羊皮紙を使用していたが、重く嵩ばることが問題で、これを解決するためインドからロンドンへ送ったインディア紙が使われるようになった。別名バイブルペーパーとも呼ばれている。

大黒天の脇侍めぐく句碑秋日和

塙さんは現在「沖」の同人副会長として「沖」の運営の中心で活動していただいているが、併せて沖俳句会基金の責任者と、毎月会員の皆さんに送る「沖」

誌の誌代の管理や発送の仕事の責任者として仕事をしていただいている。令和二年秋に「沖」創刊五十周年記念事業として能登氣多大社に建立された私の初めての句碑にも委員として携わっていただいた。大黒天の脇侍の句碑として捉えていただいたことは勿体ない限りである。

外交は武器なきいくさ冬深し
その中に非正規労働蟻の列
着ぶくれてジェネリックでと答へけり
人流とふ賢しら言葉卯波立つ

掲出の句は、私たちの最近の日常を取り巻く社会を見据えた句だが、その見方も高所から見つめるのでなく市井の一人として謙虚に詠まれている視線がやさしい。

さりげなく来てさりげなく二月去る

春も間近な二月だがまだまだ寒い日がつづく。この句は、そのあたりの人の心の機微を、巧みに捉えている句である。賑やかな一月と三月の間にあって普段の月より日数が少なく、あっという間に過ぎてしまう二月は寂寥の思いを一層増幅させる。そう言えば、作者も不必要に自己主張することなく謙虚のままに「さりげなく」という言葉が相応しい人間関係を作られる方である。

これからも余生でもなく晩年でもない八十代の豊かな人生を送りながら句作に励んでいただければ幸いである。

令和四年八月十九日

沖主宰　能村研三

目次＊家系図

# 句集　家系図

# I

# 「一丁倫敦」

二〇〇一～〇六年／平成十三～十八年　二十一句

他所事のやうな還暦冬銀河

侘助や男の習ふ茶の点前

場所取りは日経を読む花筵

都心にも箱根山あり朧の夜

花むしろ「直帰」の顔の揃ひをり

もう一人マイ箸をりぬ花の宴

上海　二句

柳絮飛ぶ朝や上海旧租界

遠き日の李香蘭ゐて朧月

チベット　三句

ダライラマ故事茫々の杏花村

ラマ僧の学ぶ寺道今年竹

チベットの牧夫は痩せし牛冷やす

遙かなる美観論争春の虹

永年の勤務地　丸の内（海上ビル）

永き日やむかし会社にタイピスト

根回しの効きたる会議目借時

もくれんや分厚き白の錆びてをり

遠き日の一丁倫敦春惜しむ

梅雨寒や乗り換へ惑ふ大手町

繰り返すそもそも論やソーダ水

危ふきは満場一致鵙猛る

冬あたたか男子厨に入りにけり

捨て難き本読み返す煤籠

# Ⅱ

# O型同士

二〇〇七年〜〇九年／平成十九年〜二十一年　三十五句

遊ぶにも天性あらむ揚雲雀

遠足や数へ直しの頭数

草を引く青竹踏みのそのあとに

梅雨晴や身を逆しまに風呂洗ふ

地震遥か南部風鈴鳴りにけり

青蚊帳や泳ぐ夢より覚めゐたる

夾竹桃献血の列あつけなし
かなかなや皆既月蝕待つことに

父譲りの短気の質や鷹の爪

ちちろ虫警策の音近づきぬ

蔀上げ色なき風を通しけり

宇宙より地球は青し照紅葉

開戦日五つ並びし時差時計

板塀に日向の匂ひ冬ぬくし

首きしむ鳴子こけしや春うれひ

遠足の子が来て河馬も薄目開け

つばくらめ電波飛び交ふ日の昏れて
正調の安里屋ユンタでいご咲く

斜にかぶる遺影の帽子鉄砲百合

シャガールの羊を乗せて秋の雲

晒されし魚板のくぼみ冬隣

忽ちに似たる葱の字十二月

変哲のなき年なりし冬至風呂

つれあひと０型同士着ぶくれて

ループ橋斜交ひに吹く春一番

花冷えやベッド近くに聖書置く

臍の緒は和紙に包まれ昭和の日

流人墓みな海を向き飛花落花

遠く見てまた遠く見て青き踏む

裏焼きの床屋の時計花ぐもり

この島に信号ひとつ南風吹く

愚痴言はぬ人と呼ばれて更衣

水羊羹上手な嘘と聞いてをり

ひぐらしや墓仕舞する父祖の里

写したる妻とはぐれし大花野

# Ⅲ　つくしんぼ

二〇一〇～二〇一二年／平成二十二～二十四年　四十二句

すつきりと伸ぶあらたまの生命線

賽銭の音の乾きや暮早し

妻の名と同じ名の嫁冬すみれ

母さんの小言懐かし針供養

古利根や佐保姫の乗る渡し舟

菜の花やレール曲がりて海に落つ

窓若葉末尾に記す読了日

萍や遺言の勧め肯ぜず

時差ぼけの戻らぬひとひ晩夏光

カンナ咲く引込線の砂熱し

新涼の木の改札を通りけり

一つ覚え二つ忘るるちんちろりん

筆順は問はぬクイズや文化の日

淡然と延命拒む枯蟷螂

余生でも晩年でもなし去年今年

かすかなる戦後の匂ひ鰤大根

晩年を少し待たせて冬木の芽

冬薔薇紅し高峰秀子逝く

懐に五百羅漢や山眠る

十五ミリほどの胎児やつくしんぼ

三月十一日　四句

みちのくの万余の墓標鳥帰る

鳥ぐもり余震の続く国に住む

憂き世にも三春の桜咲きにけり

動かざる動く歩道や走り梅雨

背走背走ゲームセットや夏つばめ

電車よりホーム短し蟲すだく

灯火親しとんと開かぬ大英和

読初めや扉に父の蔵書印

O型と記すヘルメット震災忌

点線で結ぶ師系図蝌蚪の紐

初蝶やパソコンふはり立上がり

悪筆が悪筆嗤ふ四月馬鹿

目隠しの個人情報山笑ふ

孫　茉莉子誕生　三句

細長き嬰のあくびや日の永し

嬰の眼のはや見え初めて花柘榴

小鳥来る直さぬ嬰の左利き

吊革の手に睡魔来る春深し

時を告ぐカリヨンの音の夏めきぬ

緩みなき江戸指物や男梅雨

風通る追込み座敷どぢやう鍋

噴水のくたんと止まる夕ごころ

夕映えの白さるすべり零れけり

# Ⅳ 設計図

二〇一三年／平成二十五年　二十八句

一徹な小顔のままや枯蟷螂

少し生き過ぎしとふ母石蕗の花

ゆるゆると白寿の母の書く賀状

市川市真間・郭沫若記念館

亡命の文人ありき笹子鳴く

図書館に並ぶ自転車日脚伸ぶ

じやんけんに勝つて一抜け春一番

ひた歩く花菜明りの尽くるまで

この国のかたち揺らぎて菜の花忌

また母の同じ問ひかけ花曇

犬ふぐりなほ切り売りの分譲地

燕来る新市庁舎の設計図

ユトリロの白や春愁深めをり

番号で探す団地や青葉冷

神輿庫を覗く格子や夕薄暑

南部風鈴さびてほど良き音となり

少年につむじが二つ兜虫

獺祭忌またもや新聞休刊日

鳥渡る屋上にあるHの字

母百歳

菊日和紀寿と記せし祝ひ状

性格は少年のまま木の実独楽

尾瀬・奥会津　四句

夜目遠目朱を深めをり烏瓜

木道の遙かに燧《ひ》ヶ《う》岳《ち》草紅葉

柿熟れて会津曲屋馬二頭

曲屋の魔除けめきたる唐辛子

自分史の埋め草めきし落葉掻

名に添はぬ青春切符冬紅葉

復刻版時刻表読む冬北斗

伊万里湾鷹島沖

元寇の船掘り当てし海小春

# V

# フォッサマグナ

二〇一四年～二〇一五年／平成二十六～二十七年　四十一句

引く時機を決むるは難し寒海鼠

納得のいかぬ決着海鼠噛む

星巡り地にきしきしと霜のこゑ

晩成と言はれて成らずちやんちやんこ

春昼の都電ゆるりと曲り来る
玻璃透る光明るしヒヤシンス

ついと出し隔世遺伝さくらんぼ

もう弾けぬ弾かぬギターや遠き雷

行間を読めども見えず桜桃忌

父の日や正座で聴きし蓄音機

古代蓮咲かせて池の昏さかな

いつよりと言へぬ晩年さるすべり

青ぶだう旧約聖書のインディア紙
ひねもすの降りみ降らずみ吊忍

しなやかに己貫く生身魂

秋立つや喨々と鳴るトランペット

一斉にめくる楽譜や秋の風

保母の押す小春の道の箱車

神の留守臓器提供否に丸

神苑や枯葉と鳥語降りやまず

生牡蠣のRの神話疑はず

鎌鼬フォッサマグナの奔る町

人知れず動くプレート芽麦畑

蜃気楼戦艦冠す忌日かな

霾るや水晶体のやや濁り

春夕べ歯科に流るるモーツァルト

お大事にと言ひて距離おく春の風邪

暗みより木犀の香や皆既蝕

硝子屋の向ひ眼鏡屋春の風

筑波　五句

陽炎や風土記には無きゆるぎ石

足早に茅花流しを禰宜の沓
筑波山神社

蝌蚪遊ぶ二部授業てふ昔あり

優駿を運ぶ車や春の月

霞ケ浦・美浦トレーニングセンター

夏近し練習船の真帆片帆

曝す書に朱線・疑問符・感嘆符
遠く聞く風に裏声ハンモック

白雨来る傘あがなふにワンコイン

二番目の願ひ書きをる星祭

野にあれば民子の花となりし菊

小鳥来る公園の名はアンデルセン

毬栗や金輪際の黙ひとつ

# Ⅵ　江戸風鈴

二〇一六年／平成二十八年　三十句

ひと弾みつけて素潜りかいつぶり

決断を迫られし夜の虎落笛

うらおもてどちらが表山笑ふ

神杉の梢伝ひに戻り寒

踝に力や青き踏みてゆく

家康の鼈甲眼鏡あたたかし

たまさかの勤めありけりけふ穀雨

春満月宴の名札つけしまま

わが町に残る銭湯桜冷え

賄《まかな》ひ付き下宿絶えけり花は葉に

なめくぢら倍返しとふ塩加減

ショパン聴く名曲喫茶水中花

踏切や逃げどころ無き真炎天

忘れゐし鶴の折りやう江戸風鈴

青葉潮波に適ひし木目板

永六輔逝去

大往生説いて逝きけり星涼し

山の日の稜線さやに夕日影

終戦日前日逝きし祖母のゐて

辛酸のことは語らず生身魂
フィナーレは序破急の急つくつくし

実紫にはかに減りし母の語彙
現し身に余生などなし白桔梗

秋天や白抜きさはに青暖簾

生き様とふ言葉は嫌ひ衣被

生来の断り下手や鵙の贄

守りには入らぬ気合ひや破蓮

我が町のハザードマップ鳥渡る
品格は鶴の歩みの頸にあり

美田なく美学わづかに一茶の忌

没後百年

百年も威張りをる猫漱石忌

# Ⅶ

# 蝌蚪の紐

二〇一七年／平成二十九年　三十一句

雪もよひ金泥紺紙一切経

素のままに生くるは難し冬木の芽

外交は武器なきいくさ冬深し

雪虫や暮色始めの小名木川

絵本へと赤鬼戻る節分会

水温む嘗ては江戸へ塩運び

春めくや片足立ちを試しをり

粛々と芽起し雨や言祝げる

家系図のはじめは分家蝌蚪の紐

母　由喜子死去一〇三歳　二句

菜の花の明るき朝や母覚めず

百歳の遺影祀りて鶴引く日

駒返る草やアキレス腱伸ばし

ふんはりと佳きこと包み雪柳

足強と言はれしむかし遍路杖

つばめ反転オセロの駒を裏返す

春昼のかうもり傘や荷風の忌

お台場にはぐれしままの聖五月

黒船の眼で見る台場青葉潮

しがらみの人慈しみ雲の峰

陸続と朱の稲荷社や青あらし

引込線はビール工場出荷口
沈潜の海月に重さありにけり

明日からのことはさておき秋の晴

稲妻の一閃逆転サヨナラ打

木の香る楽器工房秋の昼

蛇穴に吾はひねもす書に籠る

夕風や音符と揺るる吾亦紅

蕎麦の花武蔵つらぬく絹の道

しんがりをつとめ蜩鳴きやまず

佃煮と言ふも怯みし蝗かな

# 船で巡る工場夜景十三夜

# Ⅷ　測量士

二〇一八～二〇一九年／平成三十年～令和元年　四十七句

残心を護摩の炎に去年今年

待春やたぶん最後のカメラ買ふ

ひそやかに初音透きゆく花頭窓

白梅は意地紅梅は情けとも

船の名は丸から号へ鳥雲に

春昼や学食いまも中二階

囀や歌詞は一番のみ覚え

陽炎や面影橋を往く都電

音大に是非あらばこそ草笛科

風五月弾む横長ランドセル

たわいなき姉妹の喧嘩花ざくろ

心眼の見抜く力や花槐《えんじゅ》

水戸っぽ気質ときに現れ青あらし
抜け裏に敷く木犀の金砂子

同棲を同居と言へり青蜜柑

文鎮はいつも端正秋ともし

糸瓜棚町中にある農学部

十六夜や時差を計りてメール打つ

工場長と呼ばるる杜氏や新走り

淡々と実印を捺す鵙高音

抜け裏の抜け道ならず酉の市

結び目を八重歯で解く一葉忌

数へ日や赤き斜線で帳簿締め

掻巻に肩深く埋め少年期

探梅行方向音痴もまた愉し

さりげなく来てさりげなく二月去る

呼びかけの続く弔辞や鳥雲に

春浅し献血あとのビスケット

春塵の彼方をのぞく測量士

永き日やつまづきて知る土竜塚

忽然と消えし給油所麦の秋
その中に非正規労働蟻の列

滴れる山も土偶も信濃かな

迸る滝壺の水森匂ふ

連山の影濃き流れ花わさび
耳聡き夜もありけり盆の月

塗箸を選ぶ妻籠の良夜かな

残響は風に乗りくる威し銃

姥捨のスイッチバック二段稲架

遠き日の謀反の山や茸狩

蜻蛉の空へ楕円の球を蹴る

能村研三主宰　氣多大社句碑「暁闇の冷えを纏ひて神鵜翔つ」
大黒天の脇侍めく句碑秋日和

電車待つ前抱きリュック風は秋

天平の朱色もかくや柿すだれ

邯鄲やキトラ古墳の星辰図

定まらぬ古墳の主や神の留守

# 蕭条と枯葉降り積む古墳群

# Ⅸ　星まつり

二〇二〇年／令和二年　三十二句

抱負はと問はれてはたと年の酒

弓を引く緑の袴淑気満つ

アラームも母も在らざり山眠る

キャッシュレス使ひ覚えて冬うらら

敗戦のバックネットやもがり笛

船宿の魚拓新し日脚伸ぶ

じゃんけんで決まる一等あたたかし

年替り更地のままや地虫出づ

黄沙来る天に鎧戸無かりけり

おほどかに乳含ませる海女の昼

天才に夭折多し春怒濤

はへ縄を撫づる白南風沖日和

ひらがなを描く蛍の闇の濃し

毎日が日曜四葩の色変り

芥川龍之介文学碑（千葉県長生郡一宮町）

一世紀遺る恋文合歓の花

白南風やフランス窓の隠れ宿

頃合ひをはかりて外すサングラス
コロナ後の世を透かし見る葭簀かな

屋島いま平家の業火夕焼雲

灯台の照る日曇る日蝶渡る

生涯に我が名書く数星まつり

塩飴一顆残る暑さをなだめをり

秋暑しかつてキューポラ在りし街

駅前のダンス教室秋日濃し

緑釉の効きし九谷や月祀る

薄漁の秋刀魚置かれし後ろ籠

身に入むや番号で呼ぶ薬剤師

船の名は佳奈丸とあり冬鷗

耀果つる外川漁港や雪催

着ぶくれてジェネリックでと答へけり

真空管ラジオを叩く開戦日

自適てふ孤独愉しむ枯木道

# X

# 木の根開く

二〇二一年／令和三年　四十三句

寒鯉の掻き分けて水昏くせり

海鳴りのいつしか和み酢牡蠣喰ぶ

雪しまく廃語となりし裏日本

赤い靴履いて異郷へみやこどり

一病を忘るる予後や寒明くる

ゆくりなき言葉の刃春浅し

旧約の分厚き天地春の塵

木の根開く太宰治の通信簿

春の風邪聖書の赤き前小口

「次の方」と呼ばれてやをら納税期

大川を潜る地下鉄梅若忌

逢魔が時沈丁の香の濃くなりぬ

蚕豆や型にはまらず枠にゐる

夕さりの茅花流しや沖に船

鳥容れてみどり膨らむ椎若葉

看護師の戴帽式や百合は白

人流とふ賢しら言葉卯波立つ
ナイターや黙食せよと言はれても

街騒をたくみに抜けし黒日傘

日盛や影を失ふ地獄の門

トルストイ完読遠き曝書かな

難題はあしたあさって大昼寝

庭花火ぽとりと落ちて戻る闇

福紙の畳まれてあり紙魚の本

竹刀鳴る警察学校今朝の秋

検温の額差し出す秋暑かな

京育ち御居処まあるく秋なすび

爽やかや打ち出し太鼓背に受けて

小三治のまくら身に入む夕べかな

回送中・実車・迎車と秋の風

水澄みてポプラ一樹の影流す

秋の日や帯鉄光る醤油樽

交換の名刺いま無し着ぶくれて
短日のともあれワクチン接種かな

狐火の消えし半蔵門あたり

残生のいまどのあたり根深汁

雪もよひ鉛筆削り空回り

冬銀河地球を統ぶる二進法

素浪人いな素老人年惜しむ

晩学の天眼鏡と置炬燵

警察署横の代書屋日脚伸ぶ

発心のいまこそ良けれ西行忌

パラオなる時差なき国の涅槃西風

# 跋

本句集は年代順に編まれ十章に分けられている。その流れに沿って私の好きな句を鑑賞したいと思う。

Ⅰ　「一丁倫敦」

他所事のやうな還暦冬銀河

句集冒頭の句である。還暦と言えばサラリーマンにとっては退職と同じことを意味し、一昔前には自他ともに「ご苦労さん」としみじみと思えたものであろう。それだけに「他所事のやうな還暦」という作者の感慨は、人生の通過点というような軽さである。がその一方で、「冬銀河」を見つめる毅然とした姿には、これから進むべき道への強い意志が感じ取れるのである。掲句が二十年余りを経た今日につながる俳句への第一歩の作と思えば、冒頭句としてまことに相応しい。

場所取りは日経を読む花筵

根回しの効きたる会議目借時
危ふきは満場一致鵙猛る

さすが自身のサラリーマン生活から得た句は説得力に富む。一句目は上野公園であろうか、上司に命ぜられて花見の場所取りに出掛けても、日経新聞を読む真面目さがエリート社員を彷彿させる。二句目は結果のわかっている会議は眠いに違いなく、三句目は自分の気持ちを鵙に代弁させているのがおもしろい。三句とも当時の安定した会社ならではという感じであるが、今のコロナ禍の世と併せて考えてみるのも興味深い。

Ⅱ　O型同士

梅雨晴や身を逆しまに風呂洗ふ
青蚊帳や泳ぐ夢より覚めゐたる
父譲りの短気の質や鷹の爪
つれあひとO型同士着ぶくれて

一句目は「身を逆しまに」という動的描写が、梅雨が明けたという気分的な軽さを上手く表し、二句目は青蚊帳の膨らみが海の波を連想させ、目覚めてもなお心地良く波に揺れているような清々しさがある。三句目は作者の性格を自ずと語る句で「鷹の爪」という季語の斡旋が適当であり、四句目は「着ぶくれて」に夫婦の仲の睦まじさが物語られていて微笑ましい。血液型のO型はのんびりしたおおらかな性格と言われていて、前句の作者の「短気の質」とは雰囲気的にやや矛盾するがそれでも楽しい。

Ⅲ　つくしんぼ

菜の花やレール曲がりて海に落つ

電車よりホーム短し蟲すだく

細長き嬰のあくびや日の永し

一句目は、一面の菜の花畑を分けて伸びるレールが、海が見える辺りで急に曲がって消えるように見えなくなったのである。そのレールの喪失感を「海に落つ」と捉えたのは見事である。二句目は、鄙びた駅などではよくあることで、きっと作者は最後尾の車輛に乗っていたのであろう。周囲や地の底から虫の音が湧いてくるという景がよくわかる句で、読者にも虫の音が聞こえてくるようである。三句目は、お孫さんである女の子の誕生を詠んだもので、その嬰の欠伸を「細長き」とは、可愛らしさを感じさせるに抜群の表現である。

Ⅳ　設計図

少し生き過ぎしとふ母石蕗の花
図書館に並ぶ自転車日脚伸ぶ
この国のかたち揺らぎて菜の花忌

一句目は、百歳を前にしての母の言葉である。お孫さんや曽孫さんに囲まれる幸せのなかでこそ言えるものであり、「石蕗の花」がお母様の平穏な暮らしを思わせてくれる。二句目は、近所の図書館であろう。春休みの間に進学や進級に備えて勉強する中高生の自転車と思う。「日脚伸ぶ」に若い人達の前途への期待が込められていよう。三句目の「菜の花忌」は、日本とは日本人とはと問い続けた作家司馬遼太郎の忌日である。当然作者も読み、影響を受けたゆえに「この国のかたち揺らぎて」と憂うのであり、二句目の若い人達に寄せる期待の眼差しも理解できるのである。

V　フォッサマグナ

　父の日や正座で聴きし蓄音機
　青ぶだう旧約聖書のインディア紙
　鎌鼬フォッサマグナの奔る町
　硝子屋の向ひ眼鏡屋春の風

一句目の「父の日」と言えば、自分というより父を思い出すのであろうか。蓄音機と聞くと私は広沢虎造の浪花節を思うのであるが、父と共に聴くのであればやはり楽曲であろう。作者の少年時代の凛々しさやお父様の姿まで想像される。二句目は、葡萄が西洋伝来の果物として「旧約聖書のインディア紙」との微妙な組み合わせが成り立ち、感覚的にも納得できる。三句目は、フォッサマグナという刺激的な語が、瞬間的に「鎌鼬」という季語を想起させたようで、読者も身の締まる思いをするであろう。四句目は、春の風の悪戯であろうか、硝子屋と眼鏡屋がお互いにぴかぴか光り合っているようで愉快である。現在の景であろうが地方へ行くとこうした街はみなシャッター街に変わっているだけに、この句には懐かしい昭和の匂いが感じられる。

Ⅵ　江戸風鈴

ひと弾みつけて素潜りかいつぶり
大往生説いて逝きけり星涼し
生来の断り下手や鵙の贄
百年も威張りをる猫漱石忌

一句目、作者は写真も趣味で展覧会によく出品したとのことで、撮影の観察から得た句であろう。鳰の人間に似た可愛い動作をシャッターチャンスよろしく捉えたのである。二句目は「永　六輔逝去」とある句で、敬愛し彼の生き方や主義主張にも同感していたのであろう。天上の人となった彼への挨拶が「星涼し」である。三句目は作者の実直さを思わせるもので、結果が自分に跳ね返ってくるという意味で季語の「鵙の贄」が効いている。四句目は「没後百年」とある句で、威張った口調の猫は『吾輩は猫である』という名作と共に不朽なのである。

## Ⅶ　蝌蚪の紐

素のままに生くるは難し冬木の芽
家系図のはじめは分家蝌蚪の紐
菜の花の明るき朝や母覚めず
木の香る楽器工房秋の昼

一句目は、「冬木の芽」を「素のまま」のものと見て、その芽に対して如何に生きるべきかと禅問答をしているようでおもしろい。二句目は家系図というものが「蝌蚪の紐」のように複雑に入り組んでいるものだと思わせるのに巧みである。三句目は前書きに「母　由喜子死去一〇三歳」とあり、大往生のお母様に対するこの上ない追悼句と思う。「菜の花の明るき朝」とは何と素晴らしい措辞であろうか。聞くところに拠るとお父様は四十二歳の若さで亡くなられたとのこと、小学生であった作者を誰よりも立派に育て上げられたお母様である。そんなお母様を思う作者の気持ちを考えれば、集中にお母様を詠まれた句が多いのも頷ける。四句目は、ギターも趣味であるという作者、芸術の秋とばかりにふらりと楽器店を覗いたような軽さが心地よい。

Ⅷ　測量士

音大に是非あらばこそ草笛科
文鎮はいつも端正秋ともし
呼びかけの続く弔辞や鳥雲に
天平の朱色もかくや柿すだれ

## 邯鄲やキトラ古墳の星辰図

一句目、真面目で几帳面な作者から、こんなユーモアのある句を見いだすのは楽しい。二句目、文鎮はどこに置かれてもぴしりと押さえ付けるので、端正と言えば誠に端正であり、正座して書に向かう作者の姿勢も性格もまた端正そのものである。三句目、遺影を見上げて「何何君」と呼びかける弔辞はまさに最高の友情の証しであろう。その友情を永遠のものとするに「鳥雲に」という季語は的確である。四句目、奈良でも旅行された時に得た句であろう。天平時代に栄えた奈良には今でも朱色に塗られた春日大社などもあるが、平安時代に栄えた京都より、空が広くおおらかなように感じられる。そんな雰囲気の中の「柿すだれ」を天平の色と捉えた感覚には同感であり、奈良には柿がよく似合う。五句目、キトラ古墳の発掘で有名になった星辰図は悠久な時を経たもので、それに「邯鄲の夢」の「邯鄲」を配し、また虫の季語として鳴かせたのは実に妙である。

## Ⅸ　星まつり

じゃんけんで決まる一等あたたかし
おほどかに乳含ませる海女の昼
毎日が日曜四葩の色変り
駅前のダンス教室秋日濃し

一句目、どんなことの一等なのかはわからないが、賞品にしても大したものではあるまい。周囲の人達に囃し立てられながらのじゃんけんであり、その様子はあくまでも和やかである。二句目は海女さんのたくましい生活力を感じさせる句で、「おほどかに」に若い新米というより、小さい子供さんが二、三人いるようなベテランの海女さんを思わせる。三句目、勤めとかいろいろなものから解放されて、いよいよ「毎日が日曜」となったのである。それが俳句への本腰ともなり、紫陽花の七変化の様子をしっかりと詠み取っている。四句目は三句目の内容からしてやはり手持ち無沙汰なのであろうか。「駅前のダンス教室」

というと、話題となった映画「Shall we ダンス?」を想起させられるが、ダンスでもやってみようかと思いつつ、やはり止めようかと躊躇する気持ちが「秋日濃し」に感じられておもしろい。

X 木の根開く

寒鯉の掻き分けて水昏くせり
木の根開く太宰治の通信簿
竹刀鳴る警察学校今朝の秋
検温の額差し出す秋暑かな
狐火の消えし半蔵門あたり

一句目、水の底にいる寒鯉がやおら動いて底の泥を少し掻き回し、薄墨のように水が濁ったのである。観察眼のよく効いた句と思う。二句目は津軽を旅行して太宰治の生家である斜陽館でも訪ねたのであろうか。太宰の青森中学四年時の成績は一六二人中四番だったという。「木の根開く」は雪国特有の季語であり、「これから」という明るさを表す意味で相応しい。三句目、警察学校の側を通ると掛け声諸共に竹刀の打ち合う音が漏れて来たのである。「竹刀鳴る」という乾いた音と躍動感が、立秋の朝という季節の変わり目を気持ちよく新鮮に感じさせてくれる。四句目はまさにここ二年ばかりに及ぶコロナ禍の異常事態を詠んだもので、「秋暑かな」にはそろそろいい加減にしてくれよという作者ならぬ万人の思いが込められている。五句目、まさか東京のど真ん中に「狐火」とは驚きであるが、服部半蔵の屋敷があった辺りが雨に暮れ泥み、そこにぼおっとした明かりでもあれば「狐火」と見紛うに充分である。一瞬の発想としてまことに素晴らしく納得させられるのである。

一集を楽しく読ませて戴いた。「あとがき」によれば、作者の御祖父もお父様も深く俳句に関わり、大変な実績も残されておられる。そうと思えば作者が俳句の道に進まれたのも必然のことのようであり、「なぜもっと早く」と惜しまれてならない。そんな作者にとって、今が一番俳句がおもしろくまた難しく感じられる時ではなかろうか。

発 心 の い ま こ そ 良 け れ 西 行 忌

終章にある句の「発心のいまこそ良けれ」に注目し、まだまだこれからの佳句を期待したいと思う。そしてさらに第二句集を是非読ませて戴きたいと思うのである。

令和四年八月吉日

森 岡 正 作

## あとがき

本書は私の第一句集です。平成十三年（二〇〇一年）頃から中断期間も含めて、二十年余りに詠んだ俳句で、能村研三主宰の選を受けた約千二百句の中から三百五十句にまとめました。

そもそも俳句を始めたのは平成十二年（二〇〇〇年）、三十八年間に及ぶ損保会社のサラリーマン生活を終えてからです。それまで斎藤茂吉の『万葉秀歌』や山本健吉の『現代俳句』などで、読書の一環として詩歌を鑑賞、味読する事はあっても、自分で俳句を作る事は全くありませんでした。

サラリーマン時代に興味がなかった俳句に興味を持つようになったのは、無意識の内にも祖父や父親の影響があったのかも知れません。祖父は俳句が趣味で子規派に属し、『春夏秋冬』に数句載っており、高浜虚子の『俳句はかく解しかく味ふ』にも引用されています。また父親も、加藤紫舟（加藤郁乎氏の父）

の「黎明」の編集同人でした。終戦直後のざら紙の薄っぺらな「黎明」誌（現在は廃刊）と、柱に掛かっていた短冊を今でも鮮やかに思い出します。

俳句を始めてから同人になるまで約十年を要しました。平均よりやや遅めかも知れません。勿論、俳句の才幹がなく不熱心であったことにも因りますが、一つには定年後外国人の為の日本語教師を志して、約十五年間それに携わっていたこと、また同人の何たるかも知らず、同人を目指すという気持ちが余りなかった事もあります。

ただ、その後俳句を生涯の趣味とした時から、生きた証として句集をまとめて、上梓したいという漠然とした希望は以前から持っていました。

昨年後半から急に句集を上梓したいという気持ちが起こったのは、高校時代からの畏友、伊藤アキラ君（作詞家、日立ＣＭソング「この木なんの木」、渡辺真知子の「かもめが翔んだ日」等で知られる）が、二〇二一年五月に急逝したことに因ります。ぼやぼやしてはいられない、いつお迎えが来るか分からないと言う気持ちになり、あと幾つやり残したことはあるかを、数えるようになりました。

本年二月、主宰に思い切って句集を出したいという希望を申し上げたところ、快諾を頂き句集編集の準備を開始しました。

この度、極めてスピーディに句集を上梓出来ましたのも、能村研三主宰はじめ沖俳句会の皆様の激励の賜物と深く感謝しております。

能村研三主宰には句集名と温かい序文を賜りました。入会以来遅々たる歩みの私を、辛抱強く見守りつつ厳しくご指導いただき、超多忙な俳人協会理事長のご要職にありながらも、このように迅速に序文を頂き誠に有難うございました。改めて深謝申し上げるとともに今後なお一層のご指導をよろしくお願い申し上げます。

森岡副主宰には跋文を賜りました。過褒のお言葉をいただき面はゆい気持ちですが、今後の目指すところとして更に努力したいと思います。有難うございました。

選句と全体の構成は、「沖」同人の広渡敬雄様にお願いしました。広渡様はコロナ下の同人句会やオンライン句会で親しくさせていただくようになりましたが、ご多忙のなか拙句の一句一句に真剣に向かい合い、的確で迅速なアドバイスをしていただき有難うございました。
多くの方々のご厚意で、句集を上梓出来た喜びに浸りつつ筆を擱きます。

令和四年九月

塙　誠一郎

**著者略歴**

塙　誠一郎（はなわ　せいいちろう）

1941年（昭和16年）東京　本郷生まれ
大手損害保険会社に勤務
2001年（平成13年）作句開始
2006年（平成18年）「沖」入会　能村研三に師事
2015年（平成27年）「沖」潮鳴集同人
2021年（令和３年）「沖」蒼茫集同人

俳人協会会員
国際俳句交流協会会員
千葉県俳句作家協会会員
市川市俳句協会幹事
沖同人会副会長

現住所
〒272-0021　千葉県市川市八幡4-1-12

句集　家系図　かけいず

二〇二二年一〇月二二日　初版発行

著　者——塙　誠一郎

発行人——山岡喜美子
発行所——ふらんす堂
〒182-0002　東京都調布市仙川町一—一五—三八—二F
電　話——〇三（三三二六）九〇六一　ＦＡＸ〇三（三三二六）六九一九
ホームページ　http://furansudo.com/　E-mail　info@furansudo.com

振　替——〇〇一七〇—一—一八四一七三
装　幀——和　兎
印刷所——明誠企画㈱
製本所——㈱松岳社
定　価——本体二八〇〇円＋税

ISBN978-4-7814-1479-9　C0092　¥2800E